PARIS-JOURNALISTE

PAR

LES AUTEURS DES MÉMOIRES DE BILBOQUET

Prix : 50 centimes.

PARIS. — 1854

LIBRAIRIE D'ALPHONSE TARIDE

GALERIE DE L'ODÉON

PARIS-JOURNALISTE

Imprimerie de Ch. Lahure (ancienne maison Crapelet)
rue de Vaugirard, 9, près de l'Odéon.

PARIS-JOURNALISTE.

I.

Une dédicace vieux style.

Du temps où feu Balzac florissait, on dédiait encore ceux de ses ouvrages auxquels on attachait de l'importance à quelque grande dame du très-grand style, qui habitait un grand vieux château en briques rouges, et qui était censée adorer la littérature, voire même les gens de lettres.

« Vous souvenez-vous, madame, vous si noble à la fois et si belle, des délicieuses journées que j'ai eu le bonheur de passer dans votre mystérieux domaine de la Tartempionnière ?...

« Vous souvenez-vous des quantités d'abricots, de chasselas et de prunes de reine-Claude que j'ai eu l'avantage de consommer dans vos longues allées ombreuses, si aristocratiques, etc., etc.... Permettez-moi donc, ô madame, de vous dédier ce livre qui, ce livre que, etc.... »

Aujourd'hui nous n'avons plus de grandes dames, hélas ! l'espèce s'en perd tous les jours. A qui donc pourrions-nous bien dédier ce petit travail sur le journalisme contemporain ?

Eh bien ! n'importe !.... (c'est très-hardi, ce que je vais faire là !....) J'invente une grande dame ; oui, je suppose qu'il en est resté une exprès pour nous dans quelque coin ignoré de la Normandie ou de la Bretagne, et je lui dis ·

« O madame, est-ce que vous ne seriez pas curieuse, dites-moi, de visiter sous les auspices d'un homme de style et de cœur, les issues mystérieuses, les voies souterraines des journaux, ces monuments si curieux et si excentriques?

« Vous n'êtes pas sans lire quelquefois un journal, ô madame, cette chose si dangereuse, dit-on, et si funeste à la société moderne, qui doit l'anéantir tôt ou tard, et qui, en attendant, lui est aussi indispensable que le sucre, le sel, le café et autres denrées de nécessité première.

« Comment donc se fait ce journal sur lequel vous êtes en train de promener en ce moment ces deux globes de lumière et d'azur fluide qu'on appelle vos beaux yeux ? Quelles sont les coulisses, les figures et aussi (passez-moi l'expression, qui manque totalement de saveur aristocratique) *les ficelles* de ce grand théâtre de la presse ?

« Qu'est-ce que le journaliste, en un mot, le feuilletoniste, le rédacteur en chef, le secrétaire de la rédaction, le coupeur, le chroniqueur parisien, le faiseur de faits-Paris, le correspondant étranger, etc., etc.?

« Est-ce que vous n'êtes pas curieuse de faire connaissance avec tous ces mas-

ques-là?... ô madame!... (il y a longtemps que nous ne l'avions dit).

« Veuillez donc, je vous prie, mettre
le satin de votre belle main blanche
dans cette autre main tachée d'encre
qu'a l'honneur de vous offrir un homme
de la pensée pour vous conduire, avec un
aplomb dont il est lui-même effrayé,
dans le labyrinthe de la presse quotidienne et périodique. »

II.

Les vieilles émotions du jeune premier article.

Eussiez-vous de la prose d'académi-
cien dans les veines, fussiez-vous froid
et gélatineux comme la peinture de
M. Muller, il est impossible que vous ne
vous souveniez pas encore des sensations
indicibles, des galvanismes sans nombre
qui se rattachent à l'apparition de votre
premier article.

(Ce que vous allez lire est un peu vieux,
nous vous en prévenons ; mais c'est es-
sentiel pour ce qui doit suivre.)

Il est évident que nous prenons le
journalisme tout à fait à son aurore,
au moment où il a dépouillé à peine la
tunique du collége, où sa lèvre n'est pas
même ombragée de cette nuance de
moustache fine et légère comme le filet
de fumée qui s'échappe de la cabane du
pauvre.

C'est à ce moment d'excessive virgi-
nité littéraire que vous rencontrez nécessairement le camarade de collége. — Le
camarade de collége, entre nous soit dit,
quel fléau, quel cauchemar ! — Je l'ai
dit, je ne m'en dédis pas.

Et quand je pense que le journal nous
annonce qu'il se réunit tous les ans en
corps chez Douix, chez Véfour, ou aux
Provençaux ! — Bon ! je sais bien qui
est-ce qui ira dîner ce jour-là au pavil-
lon Henri IV !

« Te voilà ! Eh bien ! mon cher,
qu'est-ce que tu fais ?... — Moi, je place

des huiles et des fruits confits pour toute
la Provence..., ma patrie, ma tiède Provence!... Je me fais de sept à huit mille
francs par an!... C'est gentil, pas vrai?...
Mais toi.... tu ne m'as pas encore dit ce
que tu faisais?...

— Moi, je.... je....

— Eh bien! voyons, accouche donc!...

— Moi, mon cher, je.... j'écris dans
les journaux....

— Ah!... dans quel journal?... Dans
le Siècle, *les Débats* ou *la Revue des
Deux Mondes?*...

— Non, je compte avoir incessamment
quelque chose d'imprimé; mais je dois
te confesser que, jusqu'à présent, je n'ai
encore rien....

— Bon, je comprends!... Tu écris
dans les journaux, c'est-à-dire tu prétends, tu espères écrire dans les journaux.... Tu es à l'état de surnumé-
raire et d'aspirant!... Joli métier!...
Bonsoir, vieux!... Bien des choses chez
toi!... »

L'infâme! avez-vous vu avec quel dédain insultant, quelle familiarité dédaigneuse de commis voyageur il m'a tourné le dos. Oh! le collége, l'ami de collége, terrible et navrante continuation du pion!... — Va-t'en placer les huiles de ta tiède Provence, affreuse Canebière, horrible bouillabaisse!...

Vous ne savez pas ce que c'est qu'un être humilié, crispé, ensorcelé, si vous n'avez pas observé de près le jeune journaliste qui en est au placement de son premier article.

Tout en lui craque, soupire, fait de l'élégie, son paletot, sa pensée, son chapeau et son avenir. Il est ballotté comme la vieille feuille de papier de l'apologue, dans tous les centres de publicité, de la rue du Croissant à la rue Montmartre, de la rue Montmartre à la rue de Valois où flamboie l'étendard du *Constitutionnel.*

Dieu! s'il pouvait avoir seulement une fantaisie dans le *Bulletin de la Société des gens de lettres.* Ce bulletin est mort. N'importe, supposons qu'il existe encore.

Tous les soirs, chez son concierge, il

trouve des paquets de papier roulés. Quels papiers ? Sont-ce ses épreuves ?... Non, c'est son manuscrit.

Ci-joint un billet ainsi conçu :

« Impossible, mon cher monsieur Gringalet, de donner place dans nos colonnes, à l'article que vous avez bien voulu nous remettre, mais dans l'intérêt du journal que je dirige et dans le *vôtre propre*.... »

Mon intérêt. O dérision ! Qui est-ce qui te prie d'y songer à mon intérêt, bourreau, tyran, tartufe de rédacteur en chef !

Je dis que dans ce siècle-ci, de pareilles lettres devraient être défendues par l'autorité. Oui, qu'on interdise à tout jamais aux Turcarets de la publicité ces odieuses formules-là !... Mon intérêt !...

Au surplus, nous y reviendrons quand nous traiterons du rédacteur en chef.

Mais aussi quel beau jour, dites-moi, comme le soleil est beau, comme la nature est splendide quand paraît enfin ce premier article qui recèle dans ses plis

tant de déceptions, d'avanies et de tran-
spirations rétrospectives!..

Je l'ai lu de mes propres yeux, oui, lu
dans trois cafés divers! Que d'absinthe
déjà, que de canettes! — O baron Taylor,
saint Taylor, égide et patron de la jeune
littérature, des théâtres et des beaux-
arts, je ne te connais pas, mais c'est égal,
je me figure que c'est toi qui m'as porté
bonheur! Merci!

Mais quel est l'organe? Dans quelle
feuille a-t-il paru ce bienheureux premier
article, ce premier-Gringalet?

N'importe l'organe! — C'est, si vous
voulez, le *Castor littéraire* ou la *Clo-
serie des gens de lettres*, revue trucu-
lente. (Vous voyez que nous ne parlons
pas de la *Casquette de loutre*.)

Tenez, je vous le dis franchement, le
jour du premier article est, sans contredit, le plus grand bonheur, le plus bel
enchantement de toute la vie du journalisme!

Si on a du cœur et de l'élan on est ca-
pable, en traversant les ponts pour ren-

trer chez soi, d'aller piquer une tête dans les bains à quatre sous !

III.

L'imprimerie du journal. — Le rédacteur de minuit.

Soyons sérieux maintenant, nous entrons de plain-pied dans le sanctuaire même, le grand laboratoire du journalisme, c'est-à-dire l'imprimerie.

Rien de spécial à dire sur les imprimeries de journaux quant à la pratique même. Pour tout ce qui a rapport aux machines, aux rouleaux, au composteur, à la casse, à l'encre, à la mélasse, vous n'avez qu'à lire tout simplement le manuel Roret.— Vous vous ennuierez beaucoup, mais en revanche, vous n'en saurez pas plus long sur le métier de l'imprimerie.

Le typographe de journaux est considéré généralement comme plus agile, plus expéditif dans sa besogne que le typographe ordinaire. Il compose à grande vitesse. C'est le zouave de la pensée.

Il cache immensément d'ironie sous sa mitre de papier. C'est tout simple, il faut qu'il reste impassible, blasé devant toutes les opinions, toutes les menaces politiques qui lui apportent chaque jour son tribut de leur copie.

Il doit composer *sans murmurer* comme le troupier de **M.** Scribe.

On le croit flatteur : la vérité est qu'il est surtout flatteur en dedans. C'est sa position sociale qui veut cela. En effet, s'il se lançait dans l'approbation directe, il ne pourrait jamais y tenir avec certains amours-propres de rédacteurs.

Les formules lui manqueraient très-vite ; de plus, il pourrait commettre des quiproquo, des bourdes, louer à outrance les gringalets, mousser pour les pousse-cailloux de la rédaction, et rester tiède relativement, ne montrer qu'un enthousiasme cachet jaune pour la prose du rédacteur en chef.

Tu as raison, typographe, compose et tais-toi ; c'est bien plus sûr et moins trompeur !

La copie du journal n'est guère distribuée entièrement que dans la soirée. La plus grande partie de la nuit va être consacrée à composer le journal qui n'existe encore à l'heure qu'il est qu'à l'état de macédoine manuscrite.

La composition terminée, viendra le tirage, plus le pliage, puis enfin le journal se mettra en chemin pour aller trouver l'abonné qui dormira encore du sommeil du juste.

Entrez donc, vers onze heures du soir, dans une imprimerie de journal et vous serez émerveillé du spectacle que présente cette fourmilière de travailleurs, qui se tiennent debout devant leur casse, éclairés par une foule de petites lampes, comme les musiciens d'un orchestre, ayant tous devant les yeux ces morceaux de papier rectangulaires qui représentent un bras du feuilleton, une jambe de la chronique étrangère ou le torse du premier-Paris.

Quelques colloques ont lieu entre les ouvriers d'un bout de l'imprimerie à l'autre, causeries à bâtons rompus qui n'ont aucun rapport avec la besogne que les travailleurs accomplissent.

Ces dialogues étranges ont beaucoup d'analogie avec les improvisations auxquelles se livrent les décrotteurs qui échangent, tout en vous cirant les bottes, des dialogues cabalistiques dont eux seuls ont la clef :

« Comme ça tu l'as vue hier? — Oui. — Et elle ne t'a rien dit? — Non. — C'est comme l'autre jour, en revenant de Pantin... — Bah! Du reste, c'est la faute à la mère.... — L'oncle en était aussi.... — Tiens! — Je ne crois pas qu'ils en aient jamais! — C'est comme l'autre....»

Ainsi causent les typographes entre eux, tout en formant dans la casse ces phalanges de lettres destinées à représenter les efforts de l'intelligence humaine, des choses qui demain matin vont peut-être remuer le monde!

Il est minuit . rentrez chez vous,

honnêtes bourgeois de Paris avec vos bonnes épouses de Tolède. Pendant ce temps-là votre journal se fait, s'imprime.

Tous les rapports entre l'imprimerie et le bureau de rédaction ont définitivement cessé.

Le rédacteur de minuit, celui que l'on confond malgré soi avec une chandelle des six, qui a pour mission de corriger les épreuves le soir et de fournir ce qui manque de copie peut songer à regagner ses jolis pénates.

Il n'a plus à craindre de voir cette ombre de Banco, le compositeur, venir lui dire avec son accent si terriblement ironique : « Il manque quarante, soixante, cent lignes de copie ! »

Le journal s'imprime, voilà tout !

Vous vous attendiez peut-être à nous voir établir ici un rapprochement agréable avec la voûte silencieuse des nuits, confidente du travail mystérieux de la pensée, etc....

Rassurez-vous ; ce sont de ces choses

que vous ne trouverez pas ici, je vous
en donne ma parole d'honneur!

Non plus au reste que les phrases sui-
vantes :

« La presse est un sacerdoce,

« Le journal, un immense atelier in-
tellectuel,

« Le journalisme, ce levier des idées,
un éclaireur de la civilisation, etc.... »

Tâchons de nous priver de ce haut
crétinisme!

IV.

Les hautes utilités du journal. — Le coupeur. —
Le faiseur de faits-Paris.

Et maintenant, ô Muse, prête-nous ta
guimbarde pour que nous puissions représenter fidèlement les principaux per-
sonnages qui sillonnent le bureau de
rédaction que nous avons à photogra-
phier.

C'est ordinairement dans la matinée que les rédacteurs se rassemblent.

La première affaire dont on s'occupe est la lecture des autres feuilles, que l'on commence par explorer. Ces feuilles sont là étendues sur une table verte, immense : feuilles anglaises, allemandes, espagnoles, italiennes, asiatiques, africaines, américaines, etc....

Vous saurez qu'un journal se fait en partie avec vingt autres journaux auxquels on emprunte des faits, des nouvelles, souvent même des fragments entiers, suivant l'occurrence et le plus ou moins de matière originale que la rédaction trouve dans son propre sac.

Jusqu'à présent les rédacteurs n'ont fait encore que se bercer dans le giron du *farniente*.

Les uns sont couchés à la renverse sur le divan ; d'autres devinent des logogriphes dans une position horizontale et musulmane ; d'autres font des mots, conversent, racontent des anecdotes ; ceux-là lisent à haute voix les faits

qu'ils découvrent en parcourant les journaux qu'ils ont sous les yeux. Tout ce
monde-là fume plus ou moins.

Cependant, l'un d'eux muni d'une
paire de ciseaux gigantesques commence
à pratiquer de larges trouées dans les
journaux de Paris, de la province ou de
l'étranger qu'il dépouille successivement.

Plusieurs de ces journaux ressemblent,
en sortant de ses mains, à de vieux
drapeaux d'Austerlitzt troués par les
balles.

Ceci nous conduit tout droit à esquisser
un premier type, *le coupeur du journal,*
une des chevilles principales, un des
rouages importants de la grande machine
de la publicité.

Le coupeur du journal, comme l'in-
dique son titre, est chargé de faucher
dans le champ de l'actualité tout ce qui
lui paraît neuf ou intéressant. Il est ce
qu'on appelle une paire de ciseaux intel-
ligente.

Il colle sous forme d'emplâtres sur des

feuilles de papier les diverses nouvelles qu'il a moissonnées et qui sont destinées à former les *nouvelles du jour*, les *faits-Paris*. Le pain à cacheter, ce puissant collaborateur, joue nécessairement un grand rôle dans ses fonctions. D'autres écrivent, lui colle.

Qu'on ne croie pas pourtant que ce talent de couper proprement des nouvelles soit commun et à la portée de tout le monde. Un bon coupeur de journaux est aussi rare qu'un bon tailleur d'habits.

C'est un métier qui s'exerce de père en fils et par tradition. On en cite qui remontent jusqu'au dix-septième siècle et à la conspiration de Cinq-Mars.

Croyez-vous donc qu'il ne faille pas beaucoup de discernement et de coup d'œil pour tomber juste sur le fait saillant qui doit attirer l'œil de l'abonné et fixer l'attention du lecteur ?

Il y a ensuite un talent de groupement et de contraste qui exige une immense vocation. Un fait ressort ou s'efface, est pâle ou saillant, suivant la place qu'il occupe.

Notez bien que lorsque les faits manquent, il faut absolument que le coupeur dépose ses ciseaux, qu'il frappe sur son front, lève les yeux au ciel et se mette à improviser.

Deux mines fécondes sont, il est vrai, toujours ouvertes devant lui; il peut y puiser invariablement : ces deux mines sont les *jeunes ouvrières qui se jettent par la fenêtre* et les *saisies de maisons de jeu clandestines.*

« On annonce que Sophie B..., jeune couturière du faubourg Saint-Antoine, ayant été abandonnée par son amant Étienne R..., ouvrier ébéniste, s'est jetée d'un cinquième étage dans un accès de douleur. On désespère de la sauver. »

Rassurez-vous : Sophie B.... jouit d'une excellente santé. Elle se précipite ainsi du haut des colonnes du journal deux ou trois fois par mois, toutes les fois qu'il y a disette de nouvelles.

Ou bien encore :

« Une maison de jeu a été découverte hier rue Montmartre. Dix-sept personnes des deux sexes ont été surprises se livrant à un jeu effréné. Elles ont eu le temps de s'échapper *par les jardins*. Un riche mobilier évalué à une somme de quatre-vingt-treize mille francs a été saisi. Il y avait *six francs cinquante* à la *cagnote*. »

Chacun sait que ces nouvelles, sorties entièrement du cerveau du rédacteur, sont inscrites dans le vocabulaire de la publicité sous la dénomination assez peu académique, du reste, de *canards*.

J'avoue que j'aimerais mieux une autre expression.

V.

Le rédacteur qui fait le journal. — Détails de boutique.

Mais il ne s'agit pas seulement de couper des faits, il s'agit à présent de *faire* le journal.

Vous croyez peut-être que *faire* le journal, c'est tout bonnement l'écrire, le rédiger, l'engraisser de sa prose et de son intelligence ; du tout, madame, du tout !

Faire le journal : c'est coordonner les matières, disposer les articles, comme qui dirait charpenter, construire la rédaction. C'est un métier qui tient à la fois du décorateur, du machiniste, du régisseur de théâtre et du collaborateur n° 3.

Tout le monde ne sait pas faire un journal, entrelacer les articles, faire que celui-ci n'empiète pas sur le terrain de celui-là. Jeter de la variété, de la physionomie, du pittoresque dans l'intérieur des colonnes, manier l'entre-filets avec grâce.

Le personnage qui remplit cette tâche a d'ailleurs sa forte part d'influence particulière. N'allez pas vous l'aliéner : c'est inouï les couleuvres qu'il pourrait vous faire absorber.

« Votre réclame, mon cher, je ne sais

pas ce que j'en ai fait; elle sera restée dans mon paletot d'été, qui est à la blanchisseuse.»

Ou bien : « Je vous assure que vous ne me l'avez pas remise; vous vous êtes figuré me l'avoir remise, mais je vous jure que je ne l'ai pas. »

Ainsi s'exprime l'homme qui fait le journal, quand il est dans l'intention de vous molester.

Je n'ai pas besoin de vous dire qu'il a parfaitement votre réclame dans sa manche; mais il la garde, l'ajourne indéfiniment par vengeance; ou bien s'il se décide à la faire passer, il la place dans un endroit du journal où nul au monde ne saurait la découvrir, tant le caractère d'impression est menu, microscopique.

C'est votre faute, aussi : pourquoi faites-vous votre tête avec lui? — Pourquoi ne l'engagez-vous pas quelquefois à dîner chez Passoir?

Vous me direz que ce n'est qu'un rouage secondaire, qu'il ne fait qu'exécuter les ordres que lui donne le rédacteur en chef. Oui, mais il y a tant de manières d'exécuter un ordre, de le rendre hostile ou favorable à celui qu'il concerne !

Cet homme-là peut, s'il veut, laisser vos articles *sur le marbre* pendant tout un temps indéfini. *Être sur le marbre*, c'est attendre l'insertion d'un article. Que de gens ont été mis sur le marbre toute leur vie, et n'ont jamais pu en sortir !

Vous pouvez vous appeler Stanislas Coco. Vous voulez vous présenter à l'Académie des sciences morales. Pourquoi pas? Admettons pour un instant cette fiction légère.

Eh bien ! *le bourreau* (comme on dit au Théâtre-Français) ose vous soutenir, d'accord avec le compositeur, que les *o* du journal ayant été égarés, il n'avait absolument que des *u* à vous offrir. Vous voyez l'effet.

Je n'ose vraiment pas imprimer le mot dont il vous affuble. C'est un peu trop fort de moka ! comme dit Gustave Planche.

En somme, soyez toujours bon camarade avec l'homme qui fait le journal, sans cela votre avenir en souffrirait.

Mais nous sommes là à nous amuser aux bagatelles de la porte; il est bien temps de pénétrer dans le cabinet de monsieur le rédacteur en chef. (Saluez!)

VI.

Le cabinet du rédacteur en chef.

Je vous avouerai franchement qu'en entrant dans le cabinet où tant de grandes choses se passent, je suis ému, mon front perle malgré moi. N'est-ce pas fort naturel?

Quand je pense à tous les avenirs, à toutes les intelligences que cet homme-là tient dans sa manche, quand on se dit qu'il peut d'un mot, d'un geste, d'un sourcillement vous mettre à pied, vous rogner, vous réduire à trois sous la li-

gne, briser les statues que la postérité
vous réserve, ou vous faire imprimer en
petit texte !

Enfin il peut tout cela, cet autocrate,
ce suzerain, ce pacha immense, qui a
l'insigne avantage d'avoir à lui tout seul
un grand journal dont il est libre de faire
absolument ce qu'il veut.

Il y a plusieurs types de rédacteurs en
chef : les uns sont fiers, cravatés, tran-
chants ; ils appartiennent aux vieux types
de 1832.

D'autres ont gardé le type excentrique,
le type Coste, du *Temps*, qui usait les rédacteurs en huit jours, qui avait à lui
seul tant d'idées, tant d'idées qu'il finis-
sait par n'avoir plus dans son journal
que des crétins, des citrouilles qui avaient
été des hommes de génie avant leur col-
laboration.

Vous avez le type Armand Bertin, c'est-
à-dire beaucoup d'esprit, de jugement,
de goût, mais toujours un peu trop de
morgue, de cravate, comme, du reste,
chez tous ces personnages-là.

Vous avez le type Véron, autre cravate, etc.

Nous n'avons pas à entrer ici dans le
détail des diverses catégories de rédacteurs en chef qui fonctionnent à l'heure
qu'il est. Nous serions forcés d'aborder
les personnalités et de toucher à des épi-
dermes vraiment trop sensibles.

Il existe encore dans certaines pro-
vinces des gens de bonne foi qui s'ima-
ginent que le rédacteur en chef, c'est
tout uniment le tambour-major du
journal. C'est lui, se disent-ils, qui doit
marcher en tête de la rédaction les jours
de grande fête, avec un panache sur la
tête et en faisant des évolutions avec sa
canne. Les annonces et les réclames
jouent de la grosse caisse.

Non, pas du tout.

Le rédacteur en chef du journal est le
plus souvent un vaste propriétaire. Il
demeure presque toujours dans l'hôtel
du journal. Il y a tout au moins sa robe
de chambre, ses pantoufles et ses gilets
de flanelle.

Son cabinet est plus propre, mieux orné que le bureau. On y voit des meubles, une pendule, voire même la moquette par terre. Les rats et les souris s'y donnent moins volontiers rendez-vous que dans l'imprimerie pour former leurs clubs et leurs affreux conciliabules secrets.

C'est tout un monde que le bureau du rédacteur en chef.

Vous y voyez des livres à l'infini, des brochures, des titres d'action, actes de société, canaux, asphaltes, chemins de fer, bitumes, almanachs, gravures, lettres venues des quatre parties du monde. Que sais-je, moi?

Du reste, il y a plusieurs manières de le prendre, cet homme si prodigieusement influent, ce géant, ce colosse.

Si vous êtes un gaillard très-fort, doué d'un entre-gent inouï, vous pouvez arriver à lui taper sur le ventre et à l'appeler *petit père*. Mais je vous préviens que c'est très-dangereux, très-délicat!

Vous vous exposez à ce qu'il se cabre

un jour, repousse vos avances familières
et vous dise en se concentrant dans son
jabot : « Arrière, feuilletoniste! publiciste, chroniqueur, tartinier, arrière !...

Il y a encore un moyen de s'infiltrer
dans ses bonnes grâces, c'est lorsqu'il
donne une fête, de faire beaucoup polker sa femme, que l'on appelle ordinairement entre soi, en langage de journaliste, *la rédaction.*

— Je vais faire valser *la rédaction.*

— Fais-moi vis-à-vis, je danse avec
la rédaction.

« Surtout, croyez-moi, Sosthène,
quand le patron passe devant vous, ne
vous ingurgitez pas trop de sirop de
punch.... Oh! non! »

Le plus sûr moyen de se faire bien
venir d'un rédacteur en chef quelconque,
est encore de lui cirer ses bottes, (allégo-
riquement parlant, bien entendu), c'est-
à-dire de s'évanouir de bonheur, de se
pâmer d'admiration quand, par hasard,
il s'avise de tartiner pour son propre
compte.

« Dieu de Dieu, M. Popinquart, que
j'ai aimé votre bel article d'hier! Voulez-
vous que je vous dise brutalement le fond
de ma pensée? Eh bien! c'est du Roger
Bacon, du Grotius, avec un mélange de
Bossuet, de Montesquieu et de Voltaire!
Non, je vous dis ça comme je le pense,
moi, vous le prendrez comme vous voudrez.... »

Le père Popinquart sourit malgré lui
dans sa cravate et ne peut s'empêcher
de dire à Sosthène d'une voix affectueu-
sement flûtée :

« Mon enfant, auriez-vous besoin par
hasard d'une légère avance?

— Oh! fort légère!... Deux cents
francs.

— C'est bon, passez à la caisse. Voici
un bon; mais surtout ne vous y habituez
pas!... »

En somme, je trouve que ce titre de
rédacteur en chef manque de grâce et de
modestie.

En chef, c'est choquant, ne trouvez-
vous pas? En chef! J'aimerais mieux

qu'on l'appelât tout bonnement le mata-
dor, le choryphée, le sultan de la rédaction.

Rédacteur en chef. Vrai ! ça m'agace,
c'est plus fort que moi.

Quand je pense qu'il y a des gens qui
ont fait graver ce titre de rédacteur en
chef sur leur boîte à cigares. Si on peut
être Carpentras à ce point-là !..

VII.

La vile multitude des rédacteurs — L'homme
sérieux. — Le nouvelliste.

A présent, quelques fugitives silhouet-
tes de rédacteurs ordinaires, si vous
voulez bien.

Nous vous présentons d'abord celui
qui rédige le premier-Paris ou autre-
trement dit le premier article, l'article
de fond, comme on disait jadis, comme
qui dirait le filet de bœuf à la jardinière
du journal.

Il faut que l'écrivain chargé de cette tâche soit nécessairement un homme sérieux, un peu chauve, s'il est possible, qui ait de l'économie politique dans le galbe, beaucoup de statistique dans la tournure et surtout pas de breloques !

S'il y tient absolument, il peut avoir du coton dans les oreilles pour achever de se donner une teinte grave.

C'est peut-être un parfait honnête homme dans la vie privée, je ne dis pas non ; mais je déclare hautement que c'est presque toujours un poseur terrible dans l'intérieur du journal.

C'est lui qui dit à ses collaborateurs enfonçant sa main dans son gilet avec une pose sculpturale : « Vous autres fantaisistes, hommes d'invention et de frivolité, etc... — Nous autres, au contraire, hommes spéciaux, hommes de chiffres et d'études qui étudions les questions à fond, qui fouillons les choses, etc.... »

Affreux Bilboquet sérieux, va ! As-tu fini tes manières !

Surtout, si vous occupez ces hautes fonctions-là, ne vous avisez pas de porter vos articles vous-même, dans votre poche. Fi donc! c'est Citrouillard en diable!

Ayez, autant que possible, un vieux domestique relié en basane, avec des lunettes d'or, qui ressemble à un ancien numéro de la *Revue britannique*.

Que ce vieux Crispin entre dans le bureau d'un air respectable : « L'article de monsieur. » Qu'il le tire, avec lenteur et mystère, d'un de ces grands portefeuilles noirs où les avocats ont l'habitude d'enfouir leurs paperasses.

Paraissez rarement dans les bureaux de rédaction, si vous voulez garder votre prestige d'homme grave. Traversez d'un pas pressé les pièces où travaille la vile multitude des collaborateurs pour vous rendre dans le cabinet du rédacteur en chef qui est censé avoir besoin de conférer avec vous.

Parlez peu, faites la phrase avec la tête et le coude, exprimez-vous comme

un homme qui daigne quelquefois donner de hautes consultations politiques,
agronomiques , statistiques et finan-
cières.

Après le rédacteur des premiers-Paris
vient le tartinier proprement dit, le rédacteur vélocipède qui écrit tant qu'on
veut, sur tout ce qu'on veut, qui vous
fait sa course de copie régulièrement,
ponctuellement, toujours dans le même
espace de temps, comme l'omnibus qui
va de la Madeleine à la Bastille.

C'est lui qui vous coupe, avec le cou-
teau à papier de l'administration, douze
ou quinze petits morceaux de papier, et
qui vous dit avec un grand sang-froid :
« Il est midi, il faut qu'à deux heures
précises tous ces petits morceaux de papier que vous voyez là soient couverts de
copie.... »

C'est qu'il le fait comme il le dit!

Au moment où le balancier de l'hor-
loge se lève pour sonner l'heure indiquée, vous entendez le craquement de la
plume du tartinier qui se secoue sous la

table : sa besogne est faite. Il ne lui reste plus qu'à mettre sa lyre dans l'armoire jusqu'au lendemain et à essuyer les perles de l'inspiration et de l'enthousiasme dont sa tête est couverte.

Tout journal a, de plus, son homme de lettres militaire qui, lui seul, connaît la question de l'armée, la stratégie, la tactique, son Jomini et son Fabert à fond.

A lui seul le droit de dresser des plans, des circonvallations au milieu du journal, de refouler les annonces et les faits-Paris, pour faire manœuvrer la cavalerie et la grosse artillerie de sa phrase.

Il écrit ses articles avec un bonnet de police du temps de l'empire. Un fifre lui sort de la poche. — Du haut de la colonne du journal qu'il est en train de rédiger, cinquante siècles le contemplent!

Au moment où tout le monde travaille, élucubre, où toutes les plumes crient à la fois sur le papier, entre le nouvelliste, l'homme qui apporte les nouvelles.

Les nouvelles se payent tant dans un journal bien posé comme du reste toutes les choses que l'on insère.

On les pèse, on les estime comme des lingots. Il y en a qui vont jusqu'à vingt et trente francs ; d'autres valent cinquante centimes, tout dépend de la fraîcheur et de l'actualité.

Toute feuille un peu prospère a nécessairement son rédacteur étranger, son Allemand, sa forte choucroute pour traiter les questions d'outre-Rhin.

On peut le remplacer quelquefois par un Alsacien ou même par un Auvergnat, quand le renouvellement s'en fait avec difficulté.

Une rédaction complète doit aussi avoir son nègre pour les questions Cuba, Soulouque, Pomaré, sucre, esclavage et autres spécialités transatlantiques.

Si le nègre manque, on prend tout bonnement un rédacteur de bonne volonté, qui ait un style fortement coloré et des cheveux crépus.

On le passe à l'encre de l'imprimerie

quand la question des colonies est pal-
pitante et occupe fortement le public.

On a ainsi un homme spécial, un ré-
dacteur-nègre à peu de frais.

VIII.

Le feuilleton. —Le critique. — Le patron
empaillé par lui-même.

Si nous entrons dans le feuilleton,
nous trouvons une foule d'autres phy-
sionomies toutes différentes, d'un tout
autre caractère, car rien au monde de
varié, de diapré comme l'intérieur d'un
journal.

Nous ne parlons pas du feuilletoniste proprement dit, celui qui a à
rendre compte chaque semaine de toutes les pièces ou soi-disant telles qui se
représentent sur les divers théâtres.

On a eu bien raison de dire que pour
remplir cette tâche il fallait avoir énor-

mément d'esprit, de style et d'invention, et que ceux qui s'en acquittent depuis longtemps avec succès peuvent passer pour des hommes réellement forts.

Les profanes qui n'ont jamais fait de journalisme de leur vie se figurent que, pour rendre compte des pièces, il faut les voir. Quelle erreur!

Il faut, au contraire, ne jamais les voir; y assister, si l'on veut, en chair et en os et pour la forme, mais envoyer promener son imagination dans les contrées les plus étrangères au drame et au vaudeville que l'on est censé voir représenter.

En effet, songez donc que, depuis quinze ou vingt ans, on nous joue partout exactement la même pièce, sauf quelques modifications imperceptibles. L'affiche change : le vaudeville reste.

Or, que deviendrait le feuilleton, je vous le demande, s'il devait se traîner incessamment dans l'ornière de ce qu'on est convenu d'appeler le compte rendu des nouveautés dramatiques?

Il est clair qu'il en serait bientôt réduit à l'état Clairville et Dennery.

Le mieux est de tâcher d'amuser le public à propos des théâtres qui ne l'amusent plus du tout.

C'est une rude comédie à remplir que celle du feuilleton du lundi! Les lecteurs, bien plus ingrats que les spectateurs, n'en ont pas toujours toute la gratitude voulue.

Le feuilleton sert aussi à abriter le romancier à longue queue, lequel n'est pas de notre compétence et nous ferait sortir de notre cadre.

Nous trouvons également au rez-de-chaussée du journal le critique de livres, l'être sans contredit le plus malheureux, le plus légitimement renfrogné de la rédaction.

Écoutez, madame, ô! vous qui êtes occupée en ce moment à effeuiller des roses au milieu de vos damoiselles et de vos pages, savez-vous quand passe l'article-livres?

Le moins souvent possible, jamais

pour ainsi dire, et seulement quand on n'a absolument rien à mettre.

Il est certain que les journaux quotidiens se conduisent à l'endroit des articles-livres comme des.... (je n'ose pas imprimer le mot).

Vous vous étonnez ensuite que ceux qui rédigent ces sortes d'articles aient quelquefois la fibre fate ou hargneuse : vous appellent : — *jeune homme*, se permettent des phrases comme celles-ci, « Je dois vous déclarer, jeune homme, que votre livre manque essentiellement des qualités vitales qu'on est en droit d'attendre d'un ouvrage quelconque, etc....»

Souvent ce genre de copie reste des six mois entiers sur le marbre. Quand l'article paraît, il peut être envoyé au musée des antiques. (Les rats de l'imprimerie lui ont mangé le nez.)

Voyez ensuite combien la position de ce rédacteur est fausse.

S'il dit le fond de sa pensée, s'il est sévère, attendu qu'il faut bien l'être quelquefois, on l'appelle : — Impuis-

sant, jeune envieux, fantaisiste raté,
roquet littéraire qui hurle contre le soleil, etc....

S'il est anodin, laudatif, s'il trempe
sa plume dans le miel et l'orgeat, on dit
que c'est un spéculateur, un allumeur
de réclames, un homme qui a lui-même
un livre sous presse, pour lequel il fait
la quête autour de la publicité.

Sa critique ne sait vraiment sur quel
pied polker.

Mais le plus mauvais jour du feuilletoniste littéraire est sans contredit celui
où il est obligé de s'écrier :

« Eh! monsieur, vous qui avez fait
tel ouvrage sur telle ou telle matière, si
vous voulez savoir comment le sujet devait être traité, lisez donc le livre de
notre grand publiciste Anselme Grenouillard. Ce livre si plein d'idées, de
science, d'aperçus, de documents, de
profondeur, ce livre que je ne cesse de
méditer tous les matins, etc.... »

Quel est donc ce publiciste immense,
cet Anselme Grenouillard? — Ne le de-

vinez-vous pas ? C'est tout bonnement le bourgeois du journal, le patron, le propriétaire qui se fait mousser, claquer de temps en temps à outrance dans son propre feuilleton.

Comme il doit être ému et flatté en lisant cette période parfumée qui sort des bocaux de son propre magasin !

Certes, en pareil cas, je n'accuse pas l'écrivain qui est bien obligé de subir la loi du maître ; j'accuse le bourgeois lui-même, oui, le patron, cet homme puissant qui devrait être blasé sur ces faiblesses-là. — Je l'accuse, dussé-je m'en faire un ennemi !

Se faire proclamer grand homme dans son propre journal et par ses propres rédacteurs, ah ! tenez, ça me paraît mesquin !

C'est comme si, m'invitant à dîner chez vous, vous mangiez toutes les truffes et ne me laissiez que les cornichons !

Si jamais (ce que je ne suppose pas) la nature m'accordait un journal à moi, plutôt que de m'y faire octroyer des

louanges et des réclames , j'aimerais
mieux ... je ne sais pas quoi....

J'aimerais mieux me faire habiller par
Pomadère.

IX.

L'intérieur des revues. — Le journaliste que ces
dames ont rêvé.

Vous trouvez dans l'intérieur des revues des types de journalistes que vous
ne rencontrez pas ailleurs.

C'est là que s'offre à vous la plus vaste
collection de critiques de tous les âges,
de toutes les nuances, entre autres le
critique féroce, celui qui imite conscien-
cieusement dans ses articles le rugisse-
ment de la panthère, le cri du jaguar
de l'Amérique méridionale, le sifflement
du boa-constricteur. On le fait voir dans
les bureaux comme un vieux lion de
l'Atlas.

C'est là aussi que vous pouvez apercevoir la physionomie curieuse du critique jeune, celui que l'on a surnommé avec tant de raison, le jeune barbier du recueil, qui n'obéit dans toutes ses appréciations qu'à ces deux mots d'ordre, fatals comme le balancier de Bridaine, que lui lance le directeur suivant les circonstances et les intérêts du moment : — Éreintez, — louez ; — louez, éreintez....

Ce qui veut dire : — Celui-ci est de la revue, celui-là n'en est pas.

« En voilà un qui me demande une légère augmentation ; n'éreintez pas précisément, mais soyez tiède ; faites-lui entendre que s'il continue à me tenir la dragée haute, je lui ferai chatouiller l'épiderme, et de plus il n'entrera pas à l'Académie française. »

On peut dire que voilà un jeune gaillard possédé de la fureur de tartiner quand même !

Les articles de ce jeune journaliste de tant d'avenir se résument généralement en ceci :

« Beau livre, plein d'intérêt, de style, d'élévation, où l'on sent à chaque page la main d'un maître; noble langage, descriptions poétiques et colorées, types curieux et parfois effrayants d'audace, de nouveauté, talent, éloquence, sentiment, poésie. Tout est là. » — Je me résume : Le livre a paru dans la *Revue*.

Autre article :

« Mauvais ouvrage, plein de faux esprit, de faux goût, de *concetti* déplorables, fable invraisemblable, impossible, types vieillis; nul style, nulle éloquence, nulle poésie, nul talent. » — Je me résume : le livre n'a pas paru dans la *Revue*.

En regard de ce rédacteur plaçons immédiatement *le sabreur*, celui qui trouve des fautes de français dans *le Misanthrope*, vous coupe les deux bras, les deux jambes et la tête d'un article et vous en fait un chef-d'œuvre.

J'ai déjà donné à entendre que pour se présenter dans les bureaux d'une feuille périodique, un peu de toilette et des gants jaunes étaient à peu près de ri-

gueur. Le gant jaune pousse à l'insertion,
c'est positif.

Il est bon de rappeler vaguement la
mise anglaise ou américaine, surtout
dans le faux col.

Le journaliste de revue ne ressemble
pas du tout au journaliste ordinaire. Il
est toujours censé avoir une certaine for-
tune. Il a un parfum de cuir de Russie.

O madame, vous qui rêvez le journaliste élégant, jeune premier, tirant légè-
rement sur le clerc de notaire, avec une
rose à la boutonnière et les derniers es-
carpins de la littérature moderne, passez,
je vous prie, dans les bureaux de
revues.

Là seulement vous n'éprouverez pas de
ces déceptions, de ces tristes réalités qui
vous attendent dans la plupart des autres journaux, où le rédacteur est *hirsute*
souvent et ne répond pas du tout aux
rêves enchantés de votre imagination.

C'est pourquoi j'ai bien l'honneur de
vous présenter le jeune publiciste diplo-
mate, celui qui s'intitule *reviewer; re-*

viewer est un mot chinois qui veut dire : pilier, cheville, rédacteur intime, gilet de flanelle de revue.

La vérité est que ce type de journaliste-là n'existe, ne respire absolument que par la politique et la diplomatie.

Dieu ! la diplomatie ! c'est sa passion, sa fibre ! M. de Metternich lui a écrit plusieurs fois de sa main, oui, de sa propre main.... Par exemple, il ne lui a jamais envoyé de Johanisberg.

C'est lui qui vous dit avec le plus grand sang-froid du monde :

« Je compte dans mon prochain article laver la tête à l'Autriche, qui n'a pas voulu suivre la marche que je lui avais indiquée, conclure telle alliance et se débarrasser de telle province qui la gêne évidemment dans les entournures. — Je romps avec l'Autriche.

« Je ne suis pas trop mécontent de la Prusse, elle va bien ; elle a enfin écouté les conseils que je lui ai donnés. Elle rentre dans la vérité de sa situation.

« Quant à la Suède, etc....»

Suit un remaniement complet de la carte de l'Europe dans le grand genre, et assez semblable à ceux auxquels ce brave M. Mauguin se livrait autrefois à la tribune.

Heureux âge où l'on voit le genre humain tout entier à travers le prisme des consulats et des chancelleries, où l'on se figure tenir dans sa poche les destinées du monde entier ; tout cela pour la modique somme de deux cents francs par mois, car, quoi qu'on en dise, le publiciste de revue ne peut guère s'élever au delà de ce chiffre-là.

J'en appelle à tous les jeunes Capefigue qui ont la franchise de leur émargement !

X.

Les chroniques musicales. — Les chroniques parisiennes.

Quelle question insidieuse et malveillante nous adressez-vous là !

Comme on voit toujours percer partout chez certaines gens un sentiment de dénigrement et de sourde hostilité contre ces pauvres journalistes !

« Est-ce qu'il n'y a pas des sinécures dans la presse, des postes où l'on n'a absolument rien à faire ou, ce qui revient à peu près au même, où l'on n'a qu'à répéter chaque saison ce que l'on a dit dans la saison précédente? »

Je vous comprends; vous voulez parler, entre autres choses, des chroniques musicales qui n'ont, suivant vous, d'autre besogne que de s'écrier devant tous les chanteurs, pianistes, violons, harpistes, virtuoses en tous genres qu'ils ont à soumettre à une critique forte et consciencieuse :

« Bravo! charmant! parfait! délicieux! Impossible d'avoir plus de grâce, de *brio*, d'agilité, d'agrément, de *morbidezza*, de *maestria*, de *mortadella*, de *granita*, etc. »

Vous dites à ça : « Inutile alors de se déranger pour aller aux Italiens, à l'O-

péra ou dans les concerts, puisqu'il est
convenu d'avance que le monde du dilet-
tantisme est le *nec plus ultra* de l'enchantement, du ravissement, de l'épa-
nouissement, etc.... »

C'est vrai que le chroniqueur musical
doit avoir la fibre très-bienveillante avec
beaucoup de bémol à la clef de sa prose.
Mais encore faut-il savoir la varier cette
chanterelle de l'enthousiasme.

Or, c'est là qu'est la difficulté du
genre.

Exemple :

« Mme Alboni vocalise admirable-
ment! »

Il s'agit d'écrire vingt feuilletons quelquefois, c'est-à-dire mille à douze cents
colonnes sur cette seule pensée-là que
l'on a à faire passer par des variations,
des modulations littéraires à perte de
vue. Croyez-vous donc qu'il ne faille pas
pour cela une dépense énorme de style
et d'idées?

Non, messieurs, détrompez-vous;
l'emploi créé par le père Castil Blaze, ce

vieux gentilhomme , n'est pas du tout
une sinécure.

Demandez plutôt au baron du Bury,
son fils, qui vient enfin de nous révéler
un homme si peu connu, enveloppé d'un
si profond mystère, que l'on appelle Ros-
sini !

Ensuite, vous voulez parler de ces
bonnes chroniques hebdomadaires qui
vous rendent compte de tout ce qui
s'est passé d'intéressant, de notable
pendant les huit derniers jours, qui
ont à vous dire ce qu'ont fait les nuages,
les hirondelles, les étoiles, qui vous
racontent la canicule, l'arrosage de
Paris, qui vous annoncent s'il a gelé
blanc, si les pruniers sont en fleur,
comment se portent les marronniers des
boulevards, les tilleuls des Tuileries, les
omnibus, les trottoirs, le bitume, etc....

Vous croyez que c'est un emploi facile
qui s'exécute de lui-même comme à la
mécanique ?

Eh bien ! nous pouvons vous dire qu'il
entraîne avec lui beaucoup plus de ris-

ques et de responsabilité que vous ne
supposez.

Exemple :

Un chroniqueur se lève le matin et se
dit que le moment est venu d'envoyer
sa chronique au journal.

Il est couché, le soleil est de toute
beauté, on est en plein mois de juin, il
sonne son groom :

« Robinson, tu vas porter mon article
au journal. Tu fileras tout droit à l'imprimerie. Entre dans mon cabinet, ouvre
dans le casier le deuxième carton à ta
gauche. Tu verras sur l'étiquette : *Printemps?...* Trouves-tu ?

— Oui, monsieur....

— Prends le manuscrit qui est sur le
dessus.... époussète-le bien.... c'est celui qui me sert ordinairement pour les
chroniques ultra-printanières, les articles qui doivent former des pluies de
fleurs, des rosées de parfums, répondre
en un mot aux impressions de cette saison si charmante où nous nous trouvons.... »

Jugez un peu du désespoir où se trouve l'infortuné journaliste, lorsqu'en ouvrant son journal le lendemain il tombe sur le début suivant :

« Triste, affreux mois de février, mois fantasque, bourru comme le convive du festin de Boileau! Voyez un peu cette grêle qui tourbillonne dans l'air en ce moment sous ma fenêtre, ce vent d'hiver qui exécute des symphonies sauvages, soulève indiscrètement les robes des femmes!... »

« Ah! malheureux que je suis, que vois-je?... s'écrie le chroniqueur en arrachant son foulard. Un feuilleton pareil!... Robinson?... Tu n'as donc pas pris dans le carton que je t'avais indiqué hier?...

— Non, monsieur, je me suis trompé, je viens de m'en apercevoir.... Oui, au lieu du carton des *printemps*, j'ai pris celui des *giboulées!...* »

Et vous croyez que c'est un métier facile que celui de chroniqueur hebdomadaire, quand on est exposé à des mésaventures pareilles!

Figurez-vous donc un peu le nez que fait le lendemain le rédacteur en chef!... Et le public donc!...

Par quels efforts de style, de talent, d'actualité surtout, n'est-on pas forcé de racheter de pareils quiproquo de température et de littérature!

La grande question, quand on se livre à ce genre de rédaction, est de rester toujours bien éveillé et de ne pas s'endormir sur ses propres articles, sous peine de confondre les saisons, comme cela est arrivé à notre ami, et de répandre des tas de neige quand il s'agit de faire pousser des melons et des abricots dans les colonnes du feuilleton.

XI.

Grande dispute entre le corps du journal et le feuilleton. — Scène d'églogue.

Quiconque a bien observé l'intérieur d'un journal a dû remarquer qu'il existe

presque toujours une sorte de jalousie,
d'hostilité sourde entre ces deux parties
d'une même feuille qui s'appellent :
l'une le feuilleton, et l'autre le corps du
journal.

C'est un peu, comme vous voyez, le
vieil apologue de Menenius Agrippa :

« Oses-tu donc te comparer à moi,
mirmidon, prestolet, artiste de hasard?»
dit le corps du journal en s'adressant à
son collaborateur le feuilleton.

« Est-ce bien sérieusement que tu te
crois une influence quelconque sur les
destinées de l'entreprise? Vois donc ce
que je porte sur mes épaules : la politique française et étrangère, les faits-
Paris, les hautes appréciations, tout le
fardeau de la polémique quotidienne!

« Qu'est-ce que tu serais sans moi?
où trouverais-tu à placer ta prose frivole?

« Tu n'es pas même accepté : tu es
tout au plus toléré, et encore par habitude, par tradition. Si tu savais quels
désagréments tu m'attires sans cesse par

tes manières indiscrètes, tes mille incon-
séquences, tes allures de papillon impro-
visateur !

« Songe à tous ces hommes importants qui ont figuré sur mon blason et
qui ont porté haut et fier ce titre de journalistes sérieux : c'est Chateaubriand,
Royer-Collard, Jouffroy, Armand Car-
rel, Augustin Thierry, Saint-Marc Gi-
rardin, Lamartine, Sacy, et tant d'autres dont le public a gardé le souvenir !

« J'ai pour moi l'éloquence, la logique,
la haute raison ; toi, la vaine fantaisie,
le vieux caprice éphémère, le plus souvent l'extravagance pure. — Tu te crois
le prince, le roi du journal : tu n'es tout
au plus que le fou du logis. »

A cela le feuilleton répond :

« Il t'appartient bien de me mépriser,
vieux superbe, vieil autocrate qui n'as
plus même de prise sur le public avec
tes vieilles formules gothiques dont les
lecteurs sont rassasiés depuis longtemps.

« Tu prétends que le journal, c'est

toi ? — Pour quoi donc comptes-tu le feuilleton, qui a été plus d'une fois ton salut, ta providence aux époques désastreuses de désabonnement?

« Pour quoi comptes-tu ces cent mille francs que l'auteur des *Mémoires d'un Bourgeois de Paris* a versés dans mes mains pour que j'eusse à les remettre à Eugène Sue pour solde de son *Juif Errant?* N'est-ce donc rien qu'une pareille somme, et crois-tu que si le feuilleton avait aussi peu d'importance que tu te le figures, on lui constituerait des émargements aussi énormes?

« Tu te plais à me citer des noms propres ; je crois que je puis en citer, moi aussi, qui me font honneur : Jules Janin d'abord, un des rois du style moderne, cette plume enchantée qui laisse tomber tous les lundis tant de perles et de fleurs inépuisables; Théophile Gautier, ce coloriste de tant de charme et de bon sens; Édouard Thierry, l'homme au goût si fin, à la phrase si juste; Lireux, Amédée Achard, Paul de Saint-Victor et beaucoup d'autres dont je pourrais grossir ma liste.

« Tu alimentes le journal, je le veux bien ; moi je le charme et l'enivre ; on te lit.... et encore pas toujours ; moi, on me déguste ; tu es le pot-au-feu sérieux de cette grande cuisine qu'on appelle la publicité ; moi j'en suis le dessert, la mousse, la veuve Chiquot ; — Troque avec moi si tu l'oses ! »

Ainsi luttent entre eux, ainsi lutteront sans cesse les journalistes du corps du journal et ceux du feuilleton, comme les bergers de Théocrite et de Virgile. Il ne leur manque absolument que le mirliton de l'églogue pour que leur polémique puisse se présenter au baccalauréat.

Comment les mettre d'accord ces deux catégories d'écrivains si disparates, et qui pourtant ont un si grand besoin l'une de l'autre ?

Le moyen est bien simple : faisons-leur à chacun une petite réclame dans le style bucolique.

Disons au faiseur du premier-Paris

qu'il enfante quelquefois des articles terriblement ennuyeux, et au feuilletoniste
qu'il produit souvent des fantaisies dian-
trement assommantes.

XII.

Des choses qu'on ne doit plus dire dans le journalisme.

Nous supposons donc un journaliste
de province qui écrit à son ami, journaliste de Paris :

« Mon vieux, je sais qu'il y a dans la
presse de ces phrases stéréotypées, vieil-
lies, passées à l'état de *rangaines*, et
qu'il n'est plus permis d'insérer dans ses
articles sous peine d'avoir l'air d'un
ancien premier ténor léger qui pêche à
la ligne dans sa propriété.

« Pourriez-vous m'indiquer quelques-
unes de ces locutions, afin que je puisse
les repousser loin, bien loin de ma ré-

daction, lorsqu'elles viendront par hasard folichonner autour de mon écritoire ?

— Bien volontiers, mon bon, répond l'ami de Paris ; je vais essayer de vous noter certaines de ces formules que je vous écrirai au hasard, bien entendu, et comme elles me viendront.

« Je n'ai pas besoin de vous dire que je serai naturellement fort incomplet.

« Néanmoins, ce petit *spécimen*, tel qu'il est, pourra nous servir un jour quand nous rédigerons *le petit ou grand dictionnaire du journalisme*, ouvrage très-utile et très-curieux, et que nous dédierons aux jeunes archéologues qui veulent absolument faire leur chemin par toutes sortes de bigarrures politiques et philologiques.

XIII.

Des choses qu'on ne doit plus dire dans un article.

Je n'ai pas besoin de vous avertir qu'on
ne parle plus jamais, sous aucun pré-
texte, de l'*horizon politique qui se rem-
brunit* ni de *l'Europe qui danse sur un
volcan*. Ceci est tellement élémentaire que
l'observation est presque superflue. Je la
retire si vous voulez.

Ne dites jamais : « J'ai là cinquante
volumes de tous les genres, prose, vers,
histoires, etc., qui se *prélassent* sur ma
table. » *Prélassent* est à la fois fat et
vieux.

Ne dites jamais d'un ami, à moins que
vous n'ayez l'intention de lui être formel-
lement désagréable que c'est un homme
d'un grand style et d'un grand cœur.
Cette formule-là ne s'emploie plus depuis
la représentation des *Burgraves*.

« *Enfin nous voici arrivés à la partie
la plus agréable de notre tâche*, » ceci se
disait du temps du brave Duviquet, lors-
qn'après avoir signalé les côtés faibles
d'une tragédie, on arrivait à déclarer
qu'il y avait après tout des choses belles
et fortes, que l'auteur méritait beaucoup
d'encouragements et de marmelade d'a-
bricots de la part de la critique. Nous
citons cette bonne vieille formule seulement pour mémoire.

« *C'est un début qui donne les plus
belles espérances ; — l'émotion insépara-
ble d'un premier début;* » vous sentez
vous-même que ces choses-là ne peuvent
plus se dire absolument ; — passons.
N'appelez jamais Mélingue *mon bel
acteur*. D'abord, il y a très-peu de beaux
acteurs, et en supposant qu'il y en ait, ils
en sont tellement convaincus eux-mêmes,
qu'on peut les rendre fous par ces formules-là. Une bonne douche leur vau-
drait mieux. Ensuite, je répète que la
phrase est vieille.

« *Mais comme nous n'avions pas le don*

de l'ubiquité... » Oh ! je vous en supplie, n'imprimez jamais une pareille formule pour indiquer que vous ne pouviez être à la fois au Théâtre-Français et à la Porte-Saint-Martin, attendu qu'on donnait deux représentations le même soir.

« La pièce a obtenu *un franc et légitime succès.* » Vous saurez que cette phrase-là ne veut plus dire qu'une seule chose, c'est que la pièce est tombée à plat.

Ne dites plus : « Mlle X... a été *saluée* par les applaudissements, » il y a trop longtemps que les applaudissements *saluent.*

« *Ce jeune et intelligent directeur....* » Autre phrase à mettre au rancart. Si un homme était intelligent, il ne se ferait pas directeur de théâtre. De plus, les directeurs de théâtre n'ont jamais eu de jeunesse.

Je propose, si on tient absolument à la phrase, qu'on dise désormais : « *ce jeune et inintelligent directeur.* » Ce sera plus vrai en général et plus utile pour les jeunes patrimoines qui seraient tentés d'aller s'engouffrer dans le Vaudeville ou la Gaîté.

Oh! je vous en supplie, ne dites plus jamais, quoi qu'il arrive, à propos d'une actrice qui passe d'un théâtre à un autre : « Mlle X..., Y... ou Z..., *jolie transfuge des Délassements, des Folies dramatiques* ou *du Palais-Royal.* » Je vous assure que *jolie transfuge* est affreux!

De même, quand vous avez à annoncer que les Italiens s'en vont, ne dites jamais *que les rossignols et les fauvettes de la salle Ventadour vont prendre leur vol vers l'Angleterre....* Il suffit d'imprimer la phrase pour en faire prompte et franche justice.

« *Tout Paris était hier à l'Opéra....* » Jamais! jamais! jamais!

« Le *désopilant* Arnal, l'*ébouriffant* Grassot, » épithètes à réformer entièrement.

« *Toutes les formules de l'éloge ont été épuisées depuis longtemps à l'égard du talent de Mme .....* » Arrière! arrière!

Ne dites jamais, en parlant d'une ju-
ment du Cirque : « Elle est entrée dans
l'*arène* en frétillant et en caracolant, *la
coquette !* » *La coquette* est assommant !

« *Paris s'amuse, Paris s'ennuie, Paris
se promène, Paris transpire, etc.* » Non,
non, cent fois non ! Vous n'avez plus le
droit d'insérer ces choses-là dans aucune
espèce de chronique.

« *Blasés que nous sommes....* » dans la
bouche des feuilletonistes, des journalistes qui parlent d'eux-mêmes. N'est-il
pas vrai que c'est à présent tout à fait
impossible ?

N'appelez pas un journal un *organe.*
Ne dites pas, quand vous parlez musique
par circonstance, que vous *empiétez sur
les fonctions* de votre collaborateur, le
chroniqueur musical.

Ne dites jamais, en parlant d'un confrère : « *Mon féal* un tel. »

Ne dites pas : « *l'espace me manque....* »
D'abord, *l'espace* est bête ; ensuite, pourquoi te manque-t-il, maladroit ?

« Je *brise ma plume*, je *reprends ma plume*, je *laisse courir ma plume*, etc. »
Je vous demande un peu ce que *votre plume* nous fait ?

Ne dites plus jamais, dans un feuilleton :

Ni que vous voyagez ;

Ni que vous quittez Paris ;

Ni que vous y retournez ;

Ni que vous étiez *relégué* aux deuxièmes loges à telle première représentation ;

Ni que les chœurs ont *bien fait leur devoir;*

Ni que l'orchestre a attaqué *vaillamment;*

Ni que vous êtes obligé de mettre *un crêpe à votre plume*, pour parler de la mort d'un confrère ;

Ni *moi frivole*, quand vous avez à parler d'un ouvrage sérieux et que vous avez la fatuité de vous croire frivole;

Ni que c'est un succès de cent représentations.... *pour le moins ! Pour le moins* est joli !

Ni *une mise en scène éblouissante;*

Ni enfin, que le printemps se présente à vous *avec son bouquet de roses au côté, sa ceinture de lilas, et en habits de fête,* etc....

Tout cela, je vous le dis, est, à l'heure qu'il est, du vieux et du très-vieux feuilleton.

Suit une liste de quelques termes du métier usités dans le journalisme actuel, et qui demain seront sans doute remplacés par d'autres.

Bouriche. — On entend par bouriche un feuilleton, un article aux quatre-vingt-cinq compartiments dans lequel on fait entrer, bon gré mal gré, toutes sortes de livres, comme des harengs dans une caque. On octroye à chacun de ces livres deux ou trois lignes de critique :

« Je vous placerai dans une prochaine bouriche, mon cher, » ce qui veut dire, en termes gazés, je vous regarde comme un pékin, une mazette littéraire, une jeune ganache de la pensée, etc.

Choufliquer. — C'est-à-dire introduire

beaucoup de blanc, de remplissage et de réjouissance dans le corps d'un article, de façon qu'au lieu de quinze livres de copie que vous avez faites, on vous en paye trente.

Tirer à la ligne. — C'est à peu près la même chose que choufliquer, seulement c'est plus littéraire. On délaye, on allonge, non plus avec des alinéa et des blancs, mais avec des épithètes, des synonymes, des périphrases. — Le matérialiste *chouflique*, le spiritualiste *tire à la ligne.*

Émarger. — Tout le monde connaît ça.... ou plutôt, non, tout le monde ne connaît pas ça dans la littérature et le journalisme.

Travail. — C'est un terme spécial aux revues ; c'est enlever à la force du poignet quatre ou cinq feuilles de copie dans un même numéro : — grand travail de force sur l'Allemagne, les États-Unis, la Norvége, l'Australie par le terrible Rabasson dit *le publiciste.*

Étre sur le marbre. — Nous l'avons

dit plus haut, c'est avoir sa copie gravée sur du marbre de Paros.

Ours. — Tout le monde sait ce que c'est qu'un ours : c'est un magnifique article que l'on a en portefeuille et que trente journaux s'arrachent à la fois.

Couper en quatre. — C'est tout bonnement casser la mâchoire à un livre à coups d'encensoir.

Faire de la couleur. — C'est couper du papier bleu en quinze ou vingt petits carrés que l'on envoie à l'imprimerie pour qu'on les colle en bas du journal, en guise de feuilleton truculent.

Nota. Il n'y a que les écrivains génevois qui se permettent ce genre de littérature folle.

XIV.

Recette infaillible pour démolir un collaborateur.

Un collaborateur tartine trop, pond beaucoup trop de copie.

Il vous nuit, vous agace, empêche l'es-
sor de votre production particulière, vous
voulez le supprimer, *le faire sauter*,
comme on dit toujours en style de métier.

C'est un sentiment ignoble, si vous
voulez, mais enfin, il est en vous, il
faut que vous y cédiez.

Pour atteindre votre but, vous croyez
qu'il n'y a qu'à recourir à ce vieux
moyen, si usé, si primitif, qui consiste
à prendre la diligence de Strasbourg et
à mettre dans votre poche une foule de
lettres de haut éreintement, signées invariablement *votre abonné*, et que vous
jetez successivement dans tous les bureaux de poste que vous trouvez sur
votre route.

Lettre de Brie-Comte-Robert. —
« Monsieur le rédacteur, comment diable
pouvez-vous admettre parmi vos collaborateurs un être aussi profondément
assommant que ce Joseph Failloussin,
dont les articles font en ce moment le
désespoir de tout notre département?... »
Signé, *un de vos abonnés*.

Lettre d'Arcis-sur-Aube. — « J'en ai bien lu dans ma vie des romans stupides, melons, huîtres, crétins ; mais j'avoue que celui de Joseph Failloussin, qui est en ce moment en cours de publication, dépasse tout ce qu'on peut imaginer. Je vous annonce pour très-prochainement un désabonnement immense, fabuleux, etc.... » Signé toujours *un de vos abonnés.*

Lettre de Toul. — « Insérez dans votre feuilleton des andouillettes de Troyes, des pieds de cochon à la Sainte-Menehould, des saucissons de Bologne, toute la littérature que vous voudrez. Mais, par Jupiter ! ne nous servez pas de la prose de cet horrible Failloussin, qui met tout notre chef-lieu dans un état d'horripilation impossible à décrire, etc.... » — *Un de vos vieux abonnés.*

Vous croyez que vous arriverez à faire sauter un collaborateur par ces moyens-là ; vous êtes jeune, fort jeune, je dois vous le dire.

Est-ce que vous ne savez pas que lorsqu'on veut faire finir un roman, ou se débarrasser d'un écrivain qui fait four, le rédacteur en chef a toujours dans sa manche des lettres de désabonnement qu'il exhibe pour le besoin de la circonstance.

« Vous voyez, mon cher, on se plaint de vous dans tout le Nord, dans tout le Midi, dans toute la Lorraine.... Lisez vous-même... »

Le moyen n'est donc plus de mise actuellement ; c'est de la vieille ficelle.

Voici le genre de lettres qu'il faut mettre soi-même à la poste pour arriver à démolir à coup sûr un collaborateur :

« Ah ! monsieur le rédacteur en chef, que ce Failloussin a donc de talent et d'esprit ! comme il écrit et comme vous devez le payer cher ! Savez-vous bien que sans lui, sans les excellents feuilletons qu'il vous donne, votre journal faiblirait bientôt et ne tarderait guère à s'en aller en eau de boudin, etc.... »

Autre lettre :

« Certes, monsieur le rédacteur en

chef, ce n'est ni vous ni moi qui écririons comme Failloussin. Quel gaillard ! quelle plume splendide ! Vous devez lire son dernier roman puisque vous le publiez. N'est-ce pas que c'est tout bonnement renversant d'intérêt, de passion, de génie ! etc... »

Troisième lettre :

« Dites, je vous prie, M. le rédacteur en chef, à votre rédacteur Joseph Failloussin que lorsqu'il aura fini son roman, pour le récompenser du plaisir qu'il m'a fait, je l'invite à mon château; je lui offre mon potager, ma cave, mes vins de choix avec ma nièce en mariags. Faites-lui remettre un pâté de canarde qui débarquera très - prochainement dans vos bureaux, et veuillez, en attendant, m'envoyer une mèche de ses cheveux !... etc. »

Comment voulez-vous qu'un écrivain résiste à une telle profusion d'éloges et de réclames ? Il est clair qu'il est rasé, assassiné.

« Mais il m'agace ce Failloussin, s'écrie forcément le rédacteur en chef, il s'impose horriblement; il me flibuste mon influence, mes abonnés lui font trois fois plus de gentillesses et de *mamours* qu'à moi. Qu'on m'en débarrasse, je le rogne, je le supprime, qui est-ce qui en veut?... »

Voyez pourtant ce que c'est que cette horrible existence du journalisme, quelle position fausse! Comment faire? — Vous déplaisez aux abonnés, on vous supprime; vous leur plaisez trop, on vous supprime encore!

Triste! triste! comme dit M. Benjamin Laroche, traduit par Shakspeare.

Et tu veux embrasser une pareille carrière, malheureux jeune homme!... Songe donc!... Ah! tiens, c'est un père qui te parle au nom de ton avenir, les larmes aux yeux, la main sur le cœur:
— Plus on est de journalistes, moins on émarge!

XV.

Les déceptions du journalisme. — Les feuilles
où l'on crève.

S'il y a des déceptions dans le journalisme, s'il y en a?... Ah! (profond
soupir).

Écoutez, je ne vous parle pas des an-
ciennes, des connues, des classiques.
Il ne s'agit pas ici de *chattertoniser*.

Abordons franchement l'actualité.

Eh bien! oui, vous êtes arrivé, jeune
homme, oui, vous avez franchi les pre-
mières broussailles de l'insertion. Enfin,
votre article a paru. Il est peut-être horriblement ennuyeux, maussade; c'est
possible, ça ne nous regarde pas, il a
paru, voilà tout!

Je vais donc passer à la caisse; — la
caisse! mot toujours harmonieux et doux
à l'âme, on a beau dire, quand on débute dans la littérature et même quand
on n'y débute pas!

Où est-il donc ce brave caissier! Ex-
cellent homme, va! Si tu savais comme
mon cœur se dilate à ton approche!

« Que voulez-vous, jeune homme?...

— Monsieur, je viens.... je viens toucher le prix de mon article....

— C'est un premier article, n'est-ce
pas?...

— Oui, monsieur....

— Vous savez que nous ne les payons
jamais. » Et le guichet du caissier se
ferme avec violence.

« Mais songez donc qu'il y a plus de
six mois que j'attends l'insertion, que je
me suis consumé, étiolé....

— Adressez-vous à M. le directeur!... »
Vous allez au directeur; savez-vous
ce qu'il vous répond :

« Comment, petit malheureux, vous
osez me parler d'argent à moi qui vous
ai ouvert les portes de la carrière, moi
qui ai ébauché votre réputation, qui vou-
lais être votre patron, votre père nourri-
cier! Ingrat! sortez de mes bureaux! Si
jamais vous vous avisez de me présenter

un second article, je vous stigmatise aux yeux du public ! Je dis que vous êtes un jeune homme d'argent. »

. Autre déception :

Vous comptez sur une somme de.... pour une foule d'acquisitions domesti-ques ; vous vous commandez même à l'avance des guêtres de chasse, des pan-toufles en cuir de Russie, une veste de chasse avec des boutons ciselés.

« J'ai quatre cents lignes à toucher qui vont paraître quelque part ; c'est de l'or en barre ; présentons-nous donc pour émarger, c'est le moment.

— Voici, monsieur, le compte de vos deux cents lignes....

— Comment ! caissier, vous voulez dire mes quatre cents lignes, vous aurez mal compté !...

— Non, monsieur, je suis sûr d'avoir bien compté.... Mais vous savez sans doute que chez nous on *crève* au delà de deux cents lignes. »

Crever, qu'est-ce que cela peut vou-loir signifier ?

Crever, en termes de journalisme, c'est faire de la copie pour Sa Majesté le roi de Prusse, exécuter un certain nombre de lignes qu'on insère, mais qu'on se garde bien de vous payer.

Dans certains recueils périodiques, on crève implacablement après deux feuilles.

— Développez, mon cher, développez, vous dit le directeur avec un haut aplomb; allez, ne vous gênez pas, la question en vaut la peine, elle est très-importante; elle demande à être traitée à fond.

Vous développez dans votre innocence et votre zèle; vous croyez que vous allez avoir ainsi le double avantage d'éventer une belle question et d'augmenter vos faibles honoraires.

Vous ne vouliez faire que deux feuilles, vous arrivez laborieusement à quatre.

Ces deux feuilles supplémentaires restent pour le compte de l'administration. Elle en met le prix dans sa tirelire. Vous n'en toucherez pas un *maravédis*. A une certaine ligne de démarcation, il se trouve que vous avez travaillé pour la gloire ou pour Baptiste, si vous aimez mieux.

Oh! la vie littéraire! Quel est donc le monstre qui a eu ces deux inventions infernales : Faire crever les écrivains, et ne pas leur payer leur premier article!

XVI.

Comment on devient journaliste.

On ne sait pas trop comment on devient journaliste.

Souvent c'est parce qu'on a manqué son premier examen de droit;

C'est parce qu'on a un père cruel qui vous a fait faire, étant jeune, une veste avec une de ses culottes, ce qui vous a poussé vers l'élégie;

C'est parce qu'on a une épaule un peu plus haute que l'autre et qu'on espère arriver par la presse à faire une foule de femmes délirantes.

Au fond, les motifs sont assez peu sérieux; un rien souvent, un omnibus qui
vous éclabousse, un bottier qui vous re-
fuse une paire de bottes, et vous voilà
jeté dans cette existence fiévreuse, fré-
nétique! Pour vous venger, il faut que
vous deveniez un des rois de la pensée.

Il en est de ces motifs-là comme de
ceux qui font qu'on établit un nouveau
journal, qu'on met en avant les sommes
énormes que demande une telle entreprise.

On fonde un journal d'abord parce
qu'on a en soi-même une soif énorme
d'ambition à satisfaire.

Ensuite, parce qu'on songe toujours
vaguement aux jolies actrices qui viendront, si l'on veut folâtrer, exécuter des
danses espagnoles et des *bamboulas* dans
les bureaux de l'administration.

Un journal entraîne avec lui une foule
d'avantages moraux et immoraux tellement connus qu'il serait oiseux, j'ima-
gine, de les énumérer ici.

Paraît-il quelque nouvelle compagnie

industrielle, commerciale, financière, étant le chef d'une feuille quotidienne, vous vous trouvez tout naturellement à la tête des souscripteurs, sans avoir rien sollicité, sans rien souscrire du tout. Vous obtenez sans aucun effort tant d'actions, tant d'actions qu'il en reste même pour vos rédacteurs.

Enfin, quand vous avez l'insigne bonheur d'être revêtu de cette position, vous groupez autour de vous si vous voulez les ouvriers de la pensée.

On a essayé plusieurs fois de grouper les journalistes, de former les *agapes* de la publicité, de fonder d'immenses festins où on ferait fraterniser ensemble le fait-Paris, le feuilleton, l'annonce, l'entre-filet, la chronique, la nouvelle étrangère, etc.

L'idée était noble et touchante, il faut en convenir, mais sauf quelques exceptions très-flatteuses pour la presse en elle-même, il faut avouer que ces sortes de réunions-là offrent quelques inconvénients.

Les journalistes sont, pour la plupart, des êtres trop irritables, trop nerveux pour qu'il faille songer à les encadrer souvent dans un même repas.

Il arrive que dans ces sortes de Balthazar, on ne mange pas, on récrimine. Celui qui a fait un trop long feuilleton dans le mois dernier est constamment abreuvé d'épigrammes ; on ne lui passe que des carcasses et des salsifis.

Il est aussi des toasts incendiaires, qui font venir la sueur froide aux actionnaires et aux propriétaires présents à la réunion :

— A l'abolition des rédacteurs en chef !

—A l'augmentation du prix de rédaction !

—A l'application des dividendes au budget des rédacteurs, etc., etc.

Ces toasts-là s'opposent à ce qu'on multiplie souvent ces dîners de rédaction où les mauvaises passions ne tarderaient guère à se faire jour.

Le grand point, quand on dirige un

journal est d'isoler, autant que possible, les écrivains, pour empêcher qu'ils ne se forment en corporations et en phalanges.

Autrefois, vous aviez dans la constitution même d'un journal quelconque, et qu'on appelait *une rédaction*, c'est-à-dire un corps d'écrivains unis entre eux par des liens d'opinion, de solidarité, de tradition et de haute convenance.

On ne pouvait pas alors congédier un rédacteur, comme on fait d'un valet de chambre ou d'un cuisinier, sans même lui donner ses huit jours.

Il y a longtemps que nous avons changé tout ça ! Aussi vous voyez comme le journalisme est prospère !...

XVII.

Comment se logent, s'habillent, mangent
les journalistes.

Enfin, madame, vous êtes curieuse de savoir comment sont logés, comment di-

nent les journalistes. Ils logent et ils dî-
nent, à peu de chose près, comme tout le
monde.

Leurs habitudes ne diffèrent guère de
celles des simples mortels. Ils mangent
fort peu de crocodiles à leurs repas.

Mais comment sont-ils habillés? Ceci
est une question beaucoup plus grave.
Le journaliste n'a certainement ni le
paletot, ni le gilet, ni le chapeau de tout
le monde. Il sait jeter dans tout cela je
ne sais quoi d'excentrique et de pittoresque qui révèle tout de suite le libre pen-
seur.

Nous nous trouvons ramenés à ce point
toujours si important de l'attitude, de
l'extérieur, de l'apparence du rédacteur
qui ne vit, ne se soutient, ne monte en
grade que par l'habileté d'une certaine
mise en scène.

Aujourd'hui, on le sait, l'homme est
tout, l'article n'est plus rien.

Or, quand on entre dans le bureau de
rédaction, il faut être bien sûr de son
costume et de l'effet qu'on produira sur

les hautes influences de l'entreprise.
Tout est là.

Chaque journal a son rédacteur du
Danube, celui qui arrive au journal avec
une pipe d'homme incompris, une chemise impossible et un chapeau de
brigand.

Il est fort mal mis, me direz-vous;
d'accord : c'est précisément là qu'est sa
force.

Le rédacteur en chef ne déteste pas
autant qu'on le suppose le rédacteur in-
culte, celui qui est assez bon politique
pour lui faire savourer par le contraste
la supériorité de ses gants jaunes et la
jouissance de sa cravate blanche.

Vous comprenez bien que si vous
arrivez au bureau verni et astiqué comme
feu Dorsay, vous vous exposez à être
pris pour un lion de lettres qui n'a pas
besoin de sa copie pour vivre. On croit
que vous avez des poneys à la porte.

Vous êtes évidemment trop luisant
pour ne pas déplaire tôt ou tard aux ad-
ministrateurs, aux chefs supérieurs qui

finissent par prendre en grippe vos breloques.

Règle générale : n'écrivez jamais un article au journal avec une bague au doigt.

Autre règle : ne parlez jamais d'une maîtresse dans le bureau. On ne fait d'avance que pour les femmes mariées.

En sorte que pour être un rédacteur en pied, ayant le droit de faire sa tartine tous les jours, il faut du paletot pas trop n'en faut : c'est là qu'est la nuance vraiment délicate, difficile à saisir.

Il y aurait peut-être un moyen d'en sortir, ce serait de s'habiller en garde national pour venir faire son article.

Puisque nous sommes sur le paletot, disons un mot de la famille qui n'est pas aussi nuisible qu'on pourrait le croire au rédacteur habile et sentimental qui sait trouver là un moyen d'émargement particulier.

Le rédacteur qui a une famille a droit à des avances plus considérables et à des articles plus étendus que les autres; on le fait rarement crever.

C'est pour ses nombreux enfants qu'il tartine. Chaque alinéa représente une layette.

Qu'on songe à lui, je le veux bien, mais qu'on n'oublie pas trop pourtant cet infortuné célibataire qui n'a au monde que la Muse pour lui raccommoder ses chemises.

Vous êtes bien heureux d'avoir un ménage. Hélas! il y a tant de rédacteurs qui n'en ont pas du tout!

XVIII.

Le caissier.

C'est par toi que je termine, ô caissier, toi par qui j'aurais dû commencer, pour rester dans la vérité du sujet, car tu es véritablement l'âme, le grand ressort, la pierre angulaire du journalisme tout entier.

C'est à toi que tout aboutit. Salut! Que de choses diverses, d'émotions de toute nature, de scènes, de comédies, de drames politiques et littéraires, ont eu lieu devant ton guichet!

Quel livre curieux et mémorable on ferait avec ce titre : *Mémoires d'un Caissier de Journal!*

Caissier, tu possèdes des autographes et des signatures de toutes nos gloires ; chacun te cajole ou t'amadoue plus ou moins ; tu restes toujours impassible comme un chiffre, sérieux comme un registre dans le pays de l'effervescence et de la fantaisie.

On cite des rédacteurs qui ont un talent magnifique pour prendre le caissier. On appelle cela savoir jouir de la caisse.

En vain, ils ont usé l'avance jusqu'à la dernière capucine, en vain les ordres les plus sévères émanés d'en haut ont été donnés pour qu'aucune concession ne leur fût faite désormais, ils savent toujours trouver un biais, une ficelle attendrissante ou comique pour arriver à l'émargement du désespoir.

Le caissier du journal, sous un air rébarbatif, est au fond un être très-dévoué, très-enthousiaste.

Dans les intérieurs de journaux malheureux, ceux qui paraissent quelquefois, on a vu des caissiers mettre leur chemise en gage pour payer le timbre et la poste et faire eux-mêmes la soupe aux choux dans les bureaux pour les rédacteurs.

Un dernier conseil pratique en finissant : — Faites-vous un ennemi des rédacteurs en chef, de l'actionnaire, de vos collaborateurs, de toute la rédaction si vous voulez, mais jamais, au grand jamais, ne vous faites un ennemi du caissier.

Et maintenant, ô journalistes, nos confrères, graves, frivoles, quotidiens, périodiques, grands, petits, gras, maigres, mille pardons des quelques épi-

grammes bien innocentes que nous avons
été obligés de vous adresser dans le cours
de ce petit travail.

Des épigrammes, hélas! nous sommes
censés en lancer à tout le monde ici-bas,
ne faut-il pas que nous en décochions
aussi à nous-mêmes dans l'occasion?

Terminons donc gaiement par ce chœur
final plein de naturel et de naïveté auquel
vous vous associerez tous, j'en suis con-
vaincu.

> Doux caissier, sois-moi fidèle
> Pour conduire ma nacelle.

TABLE.

Imprimerie de Ch. Lahure (ancienne maison Crapelet)
rue de Vaugirard, 9, près de l'Odéon.

www.ingramcontent.com/pod-product-compliance
Ingram Content Group UK Ltd.
Pitfield, Milton Keynes, MK11 3LW, UK
UKHW020926120726
13693UKWH00003B/1155